너 없는 봄날, 영원한 꽃이 되고 싶다

이창훈 시집

목차

2부
가시는 내 안의 뿌리에서 돋아난 것이다

길은 멀리 뻗어있고 해는 저문다

4부

누군가를 한 생을 다해 기다려 본 적 있냐고

시인의 말

빠르게 발전하는 스마트한 기술들이
우리의 삶을 풍요롭게 할지는 모르지만
우리의 내면을 채워 주지는 못 한다.
세상은 많은 걸 가져야만 더 행복할 수 있다고
큰 소리로 외치지만
사랑은 많은 걸 주어야만 더 행복할 수 있다고
침묵으로 속삭인다.
대학을 졸업한 지 오래건만, 오래전
그 사랑의 길을 찾아 다시 학교로 갔다.

여전히 나는 학교에 다니고 있고
어린 벗들에게 끊임없이 배우고 있다.
나의 삶은 아직도 학교에서 시작해 학교에서 끝난다.
쓸쓸하고 외로울 때면 시를 쓰고 또 썼다.
마치 편지를 읽듯 고백하듯
어린 벗들에게 들려주기도 했다.
사랑의 길을 선택한
한 가난한 영혼의 속삭임을 그러모아 보았다.
부디,
사랑이 당신을 부르면 주저 없이 따라가시기를.

1부

너 없는 봄날, 너에게 영원한 꽃이 되고 싶었다

음악

먼 곳의 너를
더 이상 볼 수 없어

듣는다
눈 감고 너를 듣는다

조화 造花

꽃이 되고 싶었다
꽃으로 피고 싶었다

너만의 꽃이 되어
네 눈 속에
네 가슴 한복판
너만의 꽃으로 피어나고 싶었다

물을 주지 않아도
햇살 한 줄기 내려오지 않아도
뿌리내릴 뿌리 하나 없어도

밝고 화사한 얼굴을 들어
태어난 빛깔 그대로
그냥 말없이 너를 보고 싶었다

너 없는 봄날
너에게 영원한 꽃이 되고 싶었다

서러움의 이유

내가 서러운 건
네가 미워서가 아니다
네가 아파서다

내가 이렇게 아픈 건
네가 없어서가 아니다
너는 없어도
네가 준 마음이
내 속에서 여전히 속삭이기 때문이다

내가 이토록 서럽게 우는 건
내게 준 네 마음 때문만은 아니다

미움보다
받은 사랑이 너무나 크다는 걸
우는 가슴이 알았기 때문이다

받은 사랑을 돌려줄 길이
이제 더는 내 앞에 놓여있지 않다는
아득함
막막함

먹먹함

그 서러움 때문이다

사랑의 길

너를 보내는 것이
내 사랑이어야 한다면
그 길을 걷겠다

지워졌지만 가슴에 새겨진 그 번호
전화 걸지 않겠다
보고 싶어 찾아가던 그 집 앞
아직도 서성거리는 모든 발걸음을 거두겠다

나 여야만 한다고 믿었던 네 곁에
나 아닌 누군가가 있어
나에게 기댔던 것처럼 네가 기대고
나를 보던 것처럼 네가 그윽이 바라본다면
그 사람 그 사랑 기꺼이 축복하겠다

너를 보내는 것이
너를 사랑하는 길이라면

너를 진정 사랑하는 길이
너에게서 떠나가는 것이라면
그 길을 가겠다

도마

당신을 사랑하려면 칼을 물어야 했다

한 그루 나무가
제 가슴 한 켠에 시퍼런 도끼를 허락하듯이

폭우暴雨

지금껏
나의 사랑은
그런 것이었다

서서히
젖을 새도 없이 젖어

세상 한 귀퉁이 한 뼘
처마에 쭈그려 앉아

물 먹은 성냥에
우울한 불을 댕기며

네가 그치기만을
기다리던

작별作別

너를 위해서라는 진부한 말은 쓰지 않으리

눈부시게 맑은 가을
하늘

헤어지기 위해
너를 만나러 가는 길

어둠 밝히며
밤새워 새긴 손 편지는 건네지 않으리

이제 마지막이라는 말은 하지 않으리
다시 언젠가라는 말도 하지 않으리

웃지는 못해도
울음 없는 무음無音으로

힘차게 손 흔들며

안. 녕.

통증

네게 사랑을 받을 수 없는
사람이 되어서가 아니다

내가 사랑할 단 한 사람이
더 이상 없어서다

독감

아는 것이 아니다

사랑은 지독하게
앓는 것이다

꽃

사랑이 져도
사랑에 진 적은 없어

잊을 수 없네
잃을 수 없네

꽃 진 자리
신열처럼 피어나는
그리움 이길 수 없네

이별

별은 너무 멀리 있지만
이별은 너무나 가까이 있다

별은 저렇게 멀리서 빛나지만
이별은 이렇듯 가까이서 캄캄히 어두워진다

별은 슬프도록 아름답지만 저 멀리 있고
이별은 슬프지만 이렇게 가까이 다가온다

모두가 잠든 밤
밤하늘의 별을 바라보는 자여
바라보며 눈물 떨구는 사람아

별의 뿌리는 어둠이지만
이별의 뿌리는 언제나 절망이다

한 사람의 감옥을 만들지 말고
가슴에
한 사람의 무덤을 만들어야 한다

사랑의 길

차라리 이별을 사랑하기로 했다

그것이 이 별에서
나의 사랑을 잃지 않는 길

잃지 않겠다는 건
잊지 않겠다는 것

어둠이 깊을수록
총총 빛나는
별

봄날

네 가슴 속
사람 하나 그리워
새순 돋지 않는다면

세상의 나무들
가지 끝 봉오리마다
겨우내 기다린 기다림 맺혀도

봄은 아니다

네 가슴 속
꽃 한 송이 피지 않는다면
온 누리 풀꽃들 지천이어도

봄은 아니다

이 봄날
봄이 아니다

2부

가시는 내 안의 뿌리에서 돋아난 것이다

고슴도치

누군가 박은 못처럼
밖에서 들어와 박힌 것이 아니다

가시는
내 안의 뿌리에서 돋아난 것이다

산山

높은 곳에 오르는 것이 아니다

사랑은
깊은 곳에 이르는 것이다

섬

긴 이름은 필요하지 않다

외로움도

그리움도

오지 않는 기다림마저

철로

늘 가고 왔던
길

사랑은
일탈이 아니라 일상 속에 있다

해 저무는 들판
다시 너에게 간다

활

팽팽히 뻗어 있던 길의 한복판을
벼락처럼 가로지른
비수匕首의 사랑

깊이 들어올수록
제 안으로 받아 안을 수밖에 없어
길은 휘고 생은 부푼다
피 흘리며

바닥까지 닿아야만
비로소 놓을 수 있는

여지껏
나의 사랑은 그런 것이었다

풍선의 목줄을 놓듯
가장 부풀었을 때 꽉 붙잡았던 손을
허공의 중심으로 내려야만 하는

늘 제자리로 돌아와 바람처럼
바람을 뚫고 날아가

섬광처럼 사라지는
너

뒤돌아보지 않는 사람과
기어코 닿을 빛나는 과녁의 하늘
그 모든 것들을
시린 눈으로 바라봐야만 하는

여행

바람 부는 대로
문득 떠나는 게 아니다

불어오는 바람 속으로
결연히 들어가는 일이다

사랑이라는 말

매일 해도
닳지 않는

매일 해도
닳지 않는

말

매일 매일
참 새롭고

매일 매일
참 서러운

연애

만날 때는
언제나 첫 만남이라 믿으며

너로 인해 모든 것들이
새롭게 피어나는 봄
길 위에 흐드러진 환한 얼굴로
눈부신 너에게 갔다

헤어질 땐
오늘이 마지막 만남이었을지도 모른다고

해 저무는 길
어두워지는 밤의 얼굴로
총총 빛나는 너에게서 돌아왔다

봄날은 간다

사람은 가도 사랑은 남아
이렇게도 꽃을 피운다

몸이 아픈 게 아니다
마음이 아픈 게 아니다

피는 꽃에
한 사람 죽도록 그리운 것이다

사랑은 가도 사람은 남아
저렇게도 꽃이 저문다

꽃이 지는 날
금세 해는 지고
나도 돌아갈 것이다

분수噴水

분수는 분수를 모른다

물은 언제나
낮은 곳으로 흐르기 마련
분수는
분수를 모르기 때문에 솟는다

중력을 거슬러
까치발을 하고 불안하게
저 너머의 사랑을 넘본다

퍼 올린 눈물로
온 세상을 적시기라도 하겠다는 듯

분수는
분수를 모르고 피었다 진다

땅으로 추락해
처참하게 깨진 물방울들이
물의 무덤으로 흐르고 흐를 때

슬픔의 키 높이에서
무지개는 순간 피었다 진다

연애2

눈을 감아도 보인다
그윽하게 깊은 눈
아주 먼 데서 흘러오는 별빛
눈빛

눈을 감아도 들린다
토닥토닥 다독이는 소리
무릎에 뉘어 귓밥을 파는 기다란 손
귓볼 머리칼을 스치듯 쓰다듬는 손길
가차이 다가와 후~
바람을 부는 목
목젖의 떨림

눈을 감아도 보인다
가는 길마다 소리 없는 아우성으로 쏘옥
고개 내밀던 하얀 망초
그 풀꽃처럼 피어나는 환한
얼굴 미소

눈을 뜨면 지워져도
눈을 감으면 보이는

눈을 뜨면 사라져도
눈을 감으면 들리는
사랑
그 이상한 나라

병病

내 안의 너
라고 더는 말하지 않겠다

내 안에
사랑
이렇게 쓰겠다

너는 갔지만
너는 그렇게 남았다

첫사랑

만나서 설레었고
만나서 외로웠다

만나서 기뻤고
만나서 쓸쓸했다

만나서 행복했고
만나서 오래도록 고통스러웠다

3부

길은 멀리 뻗어있고 해는 저문다

화양연화花樣年華

그 꽃이 어디서 피기 시작했는지
나는 모른다

그 돌이 어디서 솟아올라 섬이 되었는지
나는 모른다

그 샘이 어디서 은은히 고여와 맑은 눈물이 되었는지
나는 모른다

저 바람은 멀고 먼 과거로부터 불어왔지만
오래된 미래를 거슬러
여기로 불어오기도 했을 터

눈멀지 않고 해를 바라보는
해바라기들을 동경했던 시절이 분명
누구에게나 있겠지만

브레이크 없이 질주하는 시간은
무섭도록 일직선으로 이생을 통과할 것이다

그것이 어디인지 누구나 말할 순 있어도

분명한 종점은 아닐 것이다

사라진다는 것
시간의 입술이 끝내 입맞춤하는 것들이
지는 꽃
침묵하는 돌
피가 흐르지 않는 몸이라는 걸
우리는 너무나 뒤늦게 알겠지만

어쩌면 적멸이 아닌
소멸을 향해
소멸이 결코 영원으로 이어지지 않는
길
그것이 바로
이생이 가는 길이라 해도

어딘가를 그리고
어딘가로 가려 하고
누군가와 만나고
누군가를 사랑하고
누군가와 이별하고

누군가를 그리워하고
누군가와 지그시 만나
한 마음 지순이 내어주는

매 순간 그런
찰나를 단 한 번의 순간으로 산다면
살아낼 수 있다면

빛나는 햇살 한 줌
부드러운 재처럼 내려와
시간이 입맞춤한
침묵의 생을
따스하게 피 돌게 할 것이다

그곳 그 자리
온통 그리움의 땅으로
꽃들 피고 지리라
섬들 물 위로 솟아나리라
샘들 고이지 않고 흐르고 흐르리라

가난에 대한 사색

살아오면서
살아가면서

결핍이란
늘 이생을 따라다니는 그림자였지

부족함이란 어쩌면 영원한 환상幻想
멈추어 서서 뒤돌아보며
정말 참회해야 할 일이란

나의
당신의
우리의 가슴 안에
사랑이 없었다는 것

그것이 바로
유일한 가난

독작 獨酌

길은 멀리 뻗어 있고
해는 저문다

검은 입을 벌리고
등 뒤로 서서히 다가오는 밤

밤이 되면 비로소 문이 열리고
그리움의 힘으로
또다시 별은 힘없이 뜰 것이다

먼발치에서 그저
올려다볼 수 밖에 없는
사람만이 영원한 사랑이라고

술을 따르는 내가
술을 마시는 내게 말한다
술을 따르는 내가
술에 취하는 나에게 말한다
다가설 수 없다는 건
차라리 쓸쓸함이다

그러니 건배

봄날

금세 해가 지리라

지는 햇살에 목을 떨구는
꽃잎들

애정도 없이 절망도 없이
뿌리를 내리려 했던
가여워라 가벼워라
생이여

그리움으로 일어서던 길들은 신기루였나
기다림의 형식으로 완성되는 건
당신이 아니었구나

온다면 안 오고
안 온다면 오던
술 취한 봄날

누구에게 보내나
지는 꽃잎에 피로 쓴
이 편지

수도꼭지

두 손으로 꼭 틀어막고 있다

안으로만 말아 올려 딱딱해진 혀
사이로 새어 나오는 신음을 듣는
저물 무렵

문을 열고 다가가
감은 눈에 눈을 맞춘다면
누군가 말없이
다문 손에 손을 포갠다면

콸 콸 콸 터져
녹이 슨 눈물이 쏟아져 내릴 것이다

눈부처

위대한 사랑도 한 줄의 서툰 고백에서 시작된다는
더디고 아름다운 말
이제 믿지 않는다

얼은 강 건너 꽃이 피고
먼 길 에돌아
네가 다시 온다면

그 무엇도 말하지 않으리라
아무것도 고백하지 않으리라

말없이 피는 봄의 눈으로
네 눈을 바라보리라
네 눈 속으로 들어가리라

소설_{小雪} *

사랑의 예감은 겨울에 왜 이리도 간절한가

첫눈 온다는 날
첫눈 오듯이

여지껏 쓰이지 않은
소설처럼 다시
네가 온다면

* 소설(小雪): 24절기 중에 스무 번째 절기.
살얼음이 잡히고 땅이 얼기 시작하는 경계의 시기.

이 사랑

쓸쓸해서 사랑한 게 아니다
사랑해서 쓸쓸했다

외로워서 사랑한 게 아니다
사랑해서 외로웠다

바람 불고 잎은 다 져도
눈은 오지 않는 겨울

죽음보다 괴로운 건 내가 아니다
사랑보다 괴로운 건 네가 아니다

기다리기 위해 그리워한 게 아니다
그리워하기 위해 기다렸다

닿을 수 없는
만질 수 없는
흘러가서 돌이킬 수 없는
길
기다림은 길게 뻗어 있다

베아트리체 _ 작은 연가戀歌

표절인지도 모르고
한 번뿐인 인생을 표절로 사는
사람들은 모르지
환상으로 시작해서
환상으로 사랑을 완성해
황홀하게 미소 짓는
피그말리온들은 모르지
거울에 비친 자신을 보고
우물 속으로 뛰어든 그런
나르키소스들은 모르지

아무리 멋있고 우아하게 살았다 자부해도
그건 서글픈 데쟈뷰인걸
이 세상 모든 여인보다 아름다운 아름다움이라 해도
그건 심장이 뛰지 않는 갈라테이아
춤추는 마리오네뜨 같은 인형인걸
호숫가 근처 처연하게 맑은
수선화 그 꽃이 피었다 해도
그건 한 번도 남을 사랑해보지 못한 외로움인걸

육체의 어딘가에
사랑이 있다고 믿는 사람들은 모르지

끊임없이 물어보고 확인받고 싶어 하는
사람들은 모르지
단테의 사랑을
베아트리체

묻지 않아
사랑은
사랑하느냐고 묻지 않아
그냥
사랑하는 거야
온 마음으로 사랑하는 거야

나무

당신이
흰 눈처럼 말없이 떠나간 길을
아득하게 들여다본다

길가의 나무가 되어
오래도록 바라다본다

움직일 수 없는 마음이
뿌리내릴 수 있는 곳은 어디인가
정처 없이 맴도는 나이테의 발걸음
나에게서 나에게로 되돌아오고

바람이 분다
부드러운 혀들이 뽑힌 자리, 침묵의 눈
피지 않고 침묵할 때
발치에 흩날리는 낙엽같이
메마른 손들만 문을 열었다 닫는다
손과 손 사이
아슬아슬 흔들리는 빈 거미줄에
부서지는 햇살의 잔해

쓸쓸하게
오지 않는 자여
오
부재함으로써 살아나는
그리움의 사금파리

당신이
첫눈처럼 말없이 다가올 길을
오래오래 들여다본다

저물 무렵의 연가恋歌

저물 무렵
누군가가 떠난 자리
누군가는 남아

너를
어딘가에 있을
방문을 닫은 채 소리 없이 울고 있는 너를
온전히 생각하는 시간
아니
뼈를 관통하는 통증으로 오롯이 새겨야만 하는 시간

부드러운 바람의 여린 손목에도
꽃은 이미 지고
퍼렇게 멍든 잎들이 아프다 아프다고
소리 없이 흔들리는 시간

떨어진 잎들을 쓸쓸히 담으며
마음에 입맞춤하는 시간
멀리 저 먼 곳에 있을 파묻고 우는 네 어깨를
긴 손가락을 들어
다독다독 해주고만 싶은 시간

어둑어둑 아무리 어두워져도
토닥토닥 괜찮다고 말없이 안아주고 싶은 시간

먼 곳에
제아무리 멀리 있어도
뜨는 별의 그리움으로
한 백 년은 깊어지는 시간

한없이 어두워지고 어두워져도
서러움이 나를 이길 수 없는 시간
파묻히는 어둠으로 영원히 사라져
밤의 미아로 떠돈다 해도
별빛의 눈동자
너의 바탕으로 영원히 저물겠다는 다짐

누군가가 떠난 자리
누군가는 여기에 남아

너를
너만을 연주한
너의 노래를 오래도록 듣는

심장

하루에 십만 번
쉬지 않고 단 한 번 멈춤 없이
너를 향해 달려오는
그런 사랑을 아는가

서 있을 힘도 여기
아무도 없이 참혹히 외로워
다시 걸어볼 용기도 없을

그런 때
당신의 왼편 가슴에
오른손을 포개어 보라

거기
언제나 당신을 그리워한 사람 하나 있다
거기 두근두근
언제나 당신을 기다려온 사람 하나 있다

부메랑

던지면
아무리 멀리 던져도

내 손으로 되돌아오던
부메랑처럼

떠나면
아무리 멀리 떠나도

내 가슴으로 되돌아오는
너였으면

첫눈에

첫눈에 반한다는 말은
참 아름답다

첫눈에 반해보지 못한
사람이 어디 있을까

소리소문없이 내리는
첫눈을 맞으며

마음을 열지 못할
사람이 어디 있을까

정동진역

함께 보다는 혼자 걷기를
많은 말보다는 침묵하기를

꽃피던 만남보다는
잊지는 이별을 떠올리기를
환한 웃음 보다는 숨죽여 울기를

순간의 희극 보다는
오래가는 비극을 생각하기를

무엇보다 일출보다는
밤바다의 월출을 들여다보기를

4부

누군가를 한 생을 다해 기다려 본 적 있냐고

눈 오는 날의 사랑 노래

1.
온다는 말도 없이
내리고 있어
소리 없이
첫눈

2.
기다리는 자에게
모든 눈은 첫눈이야
모두가 잠든 새벽
잠 못 들고 눈 밝히는 눈으로
무언가를 누군가를 간절히
기도하는 자에겐
언제 와도 언제 봐도
첫눈

3.
어제 새벽 첫눈을 바라보며
소주를 마셨어
그럴 때 눈은 펑펑 내리는 게 아니야
푹푹 내리지
발목까지 허리를 넘어 검은 눈동자만 남기고
어둠의 심연을 모조리
그러나 소리 없이 삼킬 것만 같이 정말
푹푹 내리지

4.
저 멀리 북방의 만주를
아직도 떠도는 백석의
흰 런닝구가 불현듯 떠올랐어
때가 절고 구멍이 송송 뚫려 바람 새는,

화롯불을 부여잡은 채 흰 바람벽을 바라보며
아니 들여다보며 그는 무엇을 그토록 그리워했을까
남쪽의 평북 정주
더 남쪽의 비릿한 바다내음 나는 통영을
북쪽 저 멀리 바이칼호 넘어
러시아의 상테크부르크 옆
자작나무숲에 깃든
나타샤

5.
자작나무숲으로
사람이 아닌 숲의 정령들이 이끄는 대로
그 안의 오두막에 가는 건
세상에게 지는 게 아니지
뒤돌아보지 않는 아니 뒤돌아볼 수 없는 저
세상 같은 건 더러워 버리는 거겠지
그래 백석, 그의 영혼과 함께
독주
내가 느끼는
눈 오는 날의 유일한 시인

6.
베아트리체
단테가 사랑한 소녀가 아닌
'나무를 마음에 새긴 몸'
베아. 트리. 체
이 무지한 명명법을 비웃어도 좋아
그러나 어쩔 수 없이
나의, 나만의 베아트리체
어디에? 너는

6.
베아트리체
단테가 사랑한 소녀가 아닌

'나무를 마음에 새긴 몸'
베아. 트리. 체
이 무지한 명명법을 비웃어도 좋아
그러나 어쩔 수 없이
나의, 나만의 베아트리체

어디에? 너는

7.
쓸쓸한 해안의 눈보라를 떠올려
조용히 이름을 부르면 눈처럼 부서질 것만 같은 그곳
이슬라 네그라

거기 있을지도 몰라
길게 뻗은 해안
뜨겁던 여름이 다 지고
언제나 사랑의 예감이 바람과 눈으로 불어
내리는 거기
멀리
이슬라 네그라

'새들은 페루에 가서 죽는다'라는 유명한 제목을
겁 없이 차용하고 싶어
'이슬라 네그라 거기에 가서 나는 죽다'라고
행복한 유언을 남기고만 싶은 곳

그곳은 남반구
눈이 내리지 않는다는
이성적인 설명은 사양하고만 싶은
언제나 눈이 푹푹 내리는 내 감각의 영토

8.
미황사
거기도 눈이 내린다는 소식
친구가 아닌 바람이 전한 소식

이 세계의 변방
가장 쓸쓸한 변두리의 땅끝 마을
감히 선언컨대
이 세상 가장 아름다운 절
미황사

해가 질 때
해가 뜰 때
고요히 네 긴 손을 붙잡고
저 멀리를 오래도록 함께 바라보고 싶은

끝끝내 나만 알고 싶던
베아트리체

9.
섬
그 이름 덕적
그러니까 덕적도

이별과 애도의 시간을 관통하며
작은 증기선을 타고
쓸쓸히 다녀온 곳

돌아올 선착장 연안부두에서
언제 올지 모를 배를 기다리며
오래된 해삼에 소주를 기울이며
너를 기다리던 곳

홀로 추억의 끝 바위너설에 서서
비릿한 바다내음을 오래 마시다 왔던
예보도 없이 눈보라가 퍼붓던

덕적

10.
저물 무렵 아님 모두가 잠든 새벽
외롭고 허전한 그 시린 生의 시간에만
바라볼 수 있는
단 하나의 별

금성

미황사 그 절 해우소 앞
어미 잃은 개 한 마리 목줄을 당기며
올려다보던 밤하늘 거기
밥풀처럼 떠 있던 그 개밥바라기
별

홀로 서는, 아니 서야만 하는 시간에 아프게도
멀리 멀리서 그리움을 말없이 부르는 그
별

현실인 듯 이상인 듯
아슬아슬 경계의 줄타기를 하는 것만 같은
별

그러나
반드시 눈이
눈보라가 내려
푹푹 쌓이고 있을
거기
금성

중력의 고마움을 모르는
지구별의 내가 너와 함께
가 닿고 싶은
무엇도 당길 수 없는 우주의 칠흑
그 심연의 어둠을 뚫고서
깃들고만 싶은
거기

11.
누구의 연인이었든
그 무엇이 인연이었든
지금 부는 바람처럼 나에게로 부는
바람
지금 내리는 눈처럼 나에게로 퍼붓는
첫눈

12.
서슬 퍼런 바람도
눈보라 치는 추위도 관념이 아니듯
사랑이라는 말은 결코 관념이 아니지
눈보라가 치는 거리로 나와보면 알아
유리창 안에서 상상의 나래를 펴는 건
사랑의 열망은 될 순 있어도 결코
사랑이 될 순 없다는걸

13.
나올 수밖에 없었어
눈보라를 맞으며 바람을 뚫고
길
언제나 목적일 수 없는 과정인

길 위에서 도무지
언제 멎을지 모르는 이 착하게 늙은
차 위로 새하얀 눈보라를
이 낡은 영혼이 되어

14.
아무것도 아직은 보이지 않는 어둠의
새벽
예보도 없이 눈보라가 퍼붓는
길

길의 종착역은 없어
세상의 길이란 길은 다 지워져 버렸으니까

그러나
베아트리체
내가 가는 길 위에

15.
미황사
이슬라 네그라
덕적 그 외로운 섬
그리고
금성

그 열망의 이름들은
동일한 메타포일 수밖에

16.

바로

가는 길

간다는 그 어떤 생각도 없이

가고 있는 길

가야만 하는 길

목적이 아닌 영원히

과정일지도 모를

메타포

17.

이 지치고 비루한 몸이

낡은 영혼의 차를 얻어 타고

느리게 느리게 갈 수밖에 없는

길

내 몸이 갈 수 없는 곳에서도

한 발 한 발 그리움을 디디는 마음의 길

18.
가는 길
내가 가는 길 위에
눈이 폭폭 나리고
눈 감고 바라본다

오늘도
거기
너의 가슴 속

19.
바로 거기
사랑의 은유

너
베아트리체

나무

내가 할 수 있는 일이란
그리움이 전부일 거라고

지나가는 바람이 말했다

그리움의 힘으로 떨리는 잎들
소리 없는 입의 침묵 속에서

내가 할 수 있는 일이란
그래 그리움이 전부일 테지만

누군가가 떠난 자리
말없이 손 흔들다
해는 지고 어둠은 내려
차마 뒤돌아서지 못해
그 자리 붙박여 눈 밝혀

누군가를
한 생을 다해 기다려 본 적이 있냐고

지나가는 바람의 뒷덜미에 말했다

뒤

뒤라는 말, 뒤
해 뜨는 장엄한 아침이 아닌
해 지는 쓸쓸한 저물 무렵의 말
높이 솟아오르는 산이 아닌
아래로 아래로 흐르는 강의 말
빛나는 햇살 받아 환해진 얼굴 아닌
햇살 가린 그늘 속 얼굴 없는 그림자의 말
빨간 루즈를 칠한 요염한 입술 아닌
붉은 마음을 감추고 입 안에 갇힌 혀의 말
박수받는 몇몇이 아닌
어딘가에서 박수 치고 있는 여럿의 말
기쁨이 슬픔에게가 아닌
슬픔이 기쁨에게 건네는 말
웃음이 눈물을 잊었기에
눈물이 웃음에게 조용히 건네는 말
누구도 기억하지 못하고 앞서갈 때
누군가를 추억하며 그리워하는 말
장미꽃다발 들고 세레나데를 부르는 로미오 아닌
꽃상여 달고 슬피 우는 단테의 말
새벽 첫차의 시동 켜는 소리가 아닌
자정 무렵의 차고지

막차의 시동 끄는 소리의 말
잘난 사람들 잘난 세상의
그 요란하게 잘난 말들이 아닌
못난 놈들 못난 세상의
그 서글프게 못난 말들의 말
매끈하고 세련된 이마트 그런 대형마트가 아닌
투박하고 초라한 시장 그런
땀 냄새와 악다구니 들끓는 재래시장의 말
시원하게 쭉 뻗은 고속도로 아닌
산굽이 물굽이 다 돌고 도는
정선 아우라지길 그 곡선의 말
입으로 빠르게 고백하지 않고
마음으로 되새김질하는 소처럼 천천히 되뇌는 말
가까이 오는 이 아닌
먼 곳으로 떠나는 자들의 말
기쁨 속에 행복 속에
무심코 지나치는 말
서럽다는 말
아프다는 말
아프냐는 말

앞만 보며 길 가는 생의 여울목에서
발아래 전혀 못 보고 건넌

그 뒤에 남아 온몸으로
너를 받친 징검다리의 말

뒤도 안 보고 떠나는 사랑에게
뒤에 한참을 남아
'안녕'이라는 말로 오래도록 손 흔드는
사람의 말

오래전
너는 떠났어도
단 한 번도 너를 떠난 적 없는
나의 말
내 안의 말

시인詩人

눈 내리는 겨울 속을 걷는 자이지만
눈은 눈이 그친 봄의 들판을 바라보고 있다

길 위의 땅을 밟고 걷는
걸을 수밖에 없는 자이지만

모든 발걸음이 멎는 밤
발은 저 먼 별을 향해 걸어가고 있다

신발

신은
저 먼 하늘에 있지 않아

당연히 있어야 할
신이란 어디에도 없어

맨바닥에 엎드려
누군가를 기다리며
누군가를 위해
누군가의 길에 대해 기도해 본 자만이

신이 될 수 있지

밟고 밟히며
닳고 닳으며
누군가의 발이 되어
먼 길을 돌고 돌아본 자만이

저물 무렵
집으로 돌아와
문과 길, 경계에 서서

자신의 헌신을 헌신짝처럼 잊는
누군가의 고단한 잠을 위해 꿈을 위해

다시 걸어갈 함께 걸어갈
길의 새벽에 대해
불을 꺼뜨린 어둠 속에서 한밤 내 빌어 본 자만이

신이 될 수 있지
비로소
신이지

자살

거꾸로 읽어 보라

소리 내지 말고
쥐 죽은 듯한 흐느낌만으로

남에게 들려주기 위해서가 아니라
내 안의 내가 고요히 들을 수 있게

'살자'

도둑고양이마저 깊이 잠든 밤
어둠이 열리는 베란다 앞에서 잠시 멈추고

마음의 심지에 둥근
초 하나 밝힌 채

자
살자

그 누구보다 너는
살고 싶다는, 살아
빛나고 싶다는 가장 강렬한 외침

호모 비아토르 *

뿌리가 없어요
뿌리 내릴 흙이 없는 세상이고요

나무가 부럽다는 말은 결코 아닙니다
풀을 뜯으며 달릴 준비를 하는 말이 있진 않아요
그렇다고
'포데로사' 그 낡은 오토바이가 있진 않아요
그 흔해 빠진 한 집에 한 계좌처럼
성능 좋은 승용차는 더욱 없지요

오직
두 다리
뿌리 대신 두 다리가 숨 쉬고 있어요

가 닿을 수 없는
저 밤하늘 별 아래
끊임없이

너를 향해 떠나
나에게로 돌아오는

* 여행하는 인간.

다리

1.
저 너머를 동경하다
아무도 나서지 않은 길을 냈다

절벽과 벼랑 사이 오가는 거미처럼
허공과 아득한 대지 사이 길고
튼튼한 십자가를 세우고 세웠다

푸른 하늘을 보고 싶었으나
거울을 보고 일그러질 표정들이 두려워
아득한 심연의 땅을 바라보고 누웠다

두려움 한 발
설렘 한 발, 어둠 속에서
창공의 새를 바라보며 첫걸음 디딘 자들에게

내 등은 늘 등불이었지만
환희에 찬 경이에 찬 얼굴들을 직접 볼 순 없었다
먼 곳의 불빛이 가끔 깜박였지만
나의 구원이 될 수 없었다

해가 뜨고 지고
꽃잎 피고 지고
여기저기 사람들이 태어나고 죽어도
먼 곳의 풍경을 흔드는 바람일 뿐

가끔 멈춰서서
누군가는 주저앉아 울기도
누군가는 난간 아래를 한참이나 내려다보기도 했지만
누구도 내게 머물지 못했다
누구나 약간의 용기로 나를 지나갔지만
누구도 뒤돌아보지 않았다
나와 함께하지 않았다

떠나온 본적은 이미 사라진 지 오래
어디에도 주소지가 없이
늘 경계에 서서
삐걱거리는 문門으로 살았다 산다

2.

이곳에도
저곳에도 다가가지 못하는
이편에도
저편에도 속해보지 못하는

저물 무렵
핏기 빠져 돌처럼 굳어버린

다리는
다리를 건너고 싶다

해 지는 서쪽
너에게로 가고 싶다

눈사람

나무가 되고 싶었지만
사람이 되고 말았다

사계절이란
나의 사전에 없는 말

내 생은
온종일 겨울이었으나

내 사랑은
언제나 따스했다

플라토닉 러브

사랑의 이데아는 오직
사랑

사랑이 어떻게 변하냐고?

변하는 건
사랑이 아니야
사람이지

사랑을 했던 그
사람의 마음이지

오뚝이

사랑이 고귀한 것은
두려워도 두려워하지 않기 때문이다

미워하는 누군가가 밀어도
사랑하는 누군가가 밀치고
매정히 등을 돌려도

바닥에 닿는 영혼은
쓰러질 때마다 일어선다

타클라마칸*

바라는 게 많아서가 아니다
바라는 게 오직 하나여서

바람이 분다

다시 돌아오라는 게 아니다
다시 돌아올 수 없음을 안다

사막의 끝엔 결코
네가 없다는 걸 안다

너라는 환상이
지친 무릎을 끝없이 일으켜 세워왔음을
이젠

하늘의 별을 올려다보지 않아도
뚜벅뚜벅 매일 길을 떠난다
고삐를 잡아매야 한다

너에게 돌아가기 위해서가 아니다
다시 돌아갈 수 없음을 안다

한 번도 손 내밀지 못한

나의 손을 붙잡기 위해

한 번도 안아주지 못한

뛰는 내 심장을 껴안기 위해

한 번도 바라보지 못한

내 눈동자를 들여다보기 위해

일어서는 내가

주저앉는 나에게 등 내밀기 위해

* 타클라마칸:
  중앙아시아의 사막. '들어가면 다시는 돌아올 수 없다'라는 뜻의 위구르어.

런닝머신

너에게 가는 길이라 생각했다

어둠 속에서 전원의 스위치를 켜고
한 발 두 발 디디다
서서히 걷기 시작하면

환한 등을 켠 듯 서 있던
거울

버튼을 누를 때마다
가속도가 붙는 그리움의 힘으로
힘차게 땀 흘려 달리고 달리면

거울 속의
너를 안을 수 있을 거라 되뇌었다

임계점에 다다른 마라토너처럼
매일 뛰고 또 뛰어도
닿을 수 없는

저 먼 곳

디디면 디딜수록

끝없이 되돌아오는

길 아닌

길

안녕安寧

가장 긴 사랑의 마음 담아

너를 향한
가장 짧은 호흡의 말

이 별에서 저 별로
지는
별 하나

벚꽃나무

지나간 흔적들 중에 맑았던,
아무런 치장도 그 어떤 윤색도 없이
가장 아름다웠던 추억을 단 하나 꼽으라면
성북동 벚꽃나무 아래서 당신을 기다렸던 일

하얀 눈보라같이 아름답게 속삭이던
꽃잎들 아래서 시를 읽으며
깜장 똥이 묻어나는 모나미 볼펜으로 시를 끄적이면서…
그렇게 마치 멋은 듯한 시간 속에서

간절하게 나직나직이 부르면
낮게 엎드린 가난한 집들 사이 고샅길로
땅에 떨어진 꽃잎을 한 아름 안고서
눈동자에 나를 담으며 서서히 다가오던 그대

세상의 아름다움이란 무엇일까! 라는 생각조차도
잊어버리게 했던 그때로 돌아가서
한 그루 벚꽃나무로 서서
당신을 기다리며

5부

이 별에 우리는 사랑하려고 왔다

불시착

누가 이 별에 나를 보냈는지
나는 모른다

누가 이 별에 너를 보냈는지
너도 모른다 했다

누가 이 별에 우리를 보냈는지
우리는 몰랐지만

이 별에서 섬광처럼
우리는 만났다

불시착한 인연들이 우연히 만나
연인이 된다는 건
하나의 우주적 사건

이 별에
우리는 사랑하려고 왔다

생일生日

인생이란 이름의 학교
여전히 학생이다

엄마 품에서 떨어져 입학하던 날이
나의 개교기념일

땀 흘려 공부하고
시험도 몇 차례 크게 치렀지만
내가 써낸 답안은
온통 봄날의 아지랑이였을 뿐
맞췄다고 주먹을 움켜쥐면
소리 없이 사라지는

답이 아니었다
답이 필요 없는 답이었다

세월 따라 학년은 오르고 오르지만
몇 번의 낙제와 유급이 기다리고 있을지
공부는 갈수록 더 어렵기만 하고

졸업식이 언제일지 아직 모르지만
자퇴원서는 결코 쓰지 않을 거다

조르바*

매일
새로 뜨는 태양

나는 날마다 태어난다

날마다 태어나
만난 것은 당신이 아닌
오늘

바로 지금

금지를 넘어서려는 사람은
지금을 사랑하다 살 뿐

나는 다른 날을 만난 적이 없다

* 조르바: 니코스 카잔차키스가 쓴 『그리스인 조르바』의 주인공.

악마와 천사

악마는 늘 부드러운 혀로 속삭인다

'이다음에……'

천사는 늘 가시 돋친 혀로 말한다

'바로 지금!'

첫눈

매일 새로 눈 뜨는
아침

매해 새로 내리는
눈

나는 늘 첫눈에 반한다

사랑의 세계에 '다시'는 없다고
사랑은 언제나 새로 뜬 눈이라고

그래서 백지라고

12월

열심히 살았습니다

기적 없이
평범은 위대했습니다

누군가의 환호는 필요하지 않습니다

스스로가 스스로에게
힘차게 박수를 쳐도 좋을
마지막

밤

지갑

내게 지금 없는 것들은
아쉬움이다

그 아쉬움만으로
생은 야위고 얇아만 간다

지금 내게 있는 것들이
고마움이다

그 감사함으로
생은 부풀고 삶은 견딜만하다

문은 양쪽으로
입을 늘 벌리고 있고

지갑을 열고
당신은 통행료를 지불해야만 한다

스마트폰

마음만 먹으면
언제든 들을 수 있다

마음만 먹으면
언제라도 볼 수 있다

그러나
아무리 마음먹어도

점점 더 멀어지는
거리距里

애틋하다는 말이
사라진 사전

다시
그 사랑의 영토로 가고 싶다

나무

나무는
나무를 베려던 사람을 나무라지 않는다

나무가
베인 핏물로 써 내려간 종이에

사람들은
희망이라 읽고 사랑이라고 쓴다

내일도 바람에
귀를 씻는 푸른 잎사귀

나무는
제 손을 갉아 먹는 벌레를 나무라지 않는다

못 뽑힌 자리 멍든 손 들어
괜찮다 괜찮다… 十字架 흔들며 뿌리 내린다

나무 둥지 송송 뚫린 구멍으로
사람들은 높은 하늘을 올려다본다

엘리베이터

문이 열리면
습관적으로 누르는 버튼

가고 싶은 인생의 어느 층이든
한 번 두 번의 터치면 끝이다

땀 한 방울 없이
가쁜 숨소리 한 번 내뱉지 않고
호주머니에 손을 찌르고 입을 쩍쩍 벌려도
올라가는

이건 길이 아니다

한 발 한 발 내딛지 않으면
결코 닿을 수 없는
삶은 계단

닳아만 가는 신발 끈을 질끈 매고
아픈 다리로 지금 바로 걸어야 한다

교실

시험은 우리의 머리를 시험할 순 있지만
결코 우리의 가슴을 시험할 순 없다

켜켜이 쌓아 올린 지식의 塔들이
허망하게 무너져 내리는
이 땅
아래

보이지 않아 오히려
꼭 잡은 팔 다리 걸고
쉼 없이 뛰는 심장의 맥박으로

어둠 속에서 총총 빛내는
뿌리의 눈들을 보아라

희망이 아직 남아 있다는 건
바로 네 안에서
함께 웃고 울고
서로의 등을 다독다독 이는

사람이 있어서다
사랑이 있어서다

의자 _ 교실일지

의자 하나 되고 싶었다

제각각인 엉덩이를 기다리는
교실 밖
의자

가던 길을 멈추고
입고 있는 교복은 벗고
늘 들여다보던 스마트폰
쓰고 있던 모자는 땅 위에 내려놓은 채

아이들이 기대어 앉아
불어오는 바람에 잠시 눈을 감고
걸어 온 길을 생각하는
걸어갈 길을 떠올리는,

아이들이 등을 기댄 채
수험서와 ebs 문제집 따윈 들추지 않고
사색의 가방을 열고
시집과 소설을 꺼내 읽는,

저물 무렵

느릿느릿 지는 노을 속에

아이들이 고요히 앉아

흐드러진 별꽃들과 눈을 맞추며

어둠 속에서 별처럼 은은하게 눈을 빛내는

그런 시간의 배경으로

오래도록 엎드려 기도하고 싶었다

종례 _교실일지

애들아

잘 나가기 위해 오지 않았다
잘 살기 위해 왔다

성공하려고 오지 않았다
성장하려고 왔다

마주 보고 서로의 눈을
말없이 들여다보아라

마주 서서 서로의 손을
지금 꽉 맞잡아 보아라

이 별에 우리는
사랑하려고 왔다

종례2 _ 교실일지

꿈꾸지 마라
나의 친애하는 어린 벗들

환상은
환상의 동굴에서 결코 스스로 나오지 않는다

꿈을 꾸는 자가 아니라
꿈을 파는 자들의
거칠고 굵은 손과 발

꿈은
바로 거기에서
샘처럼 그윽하게 조금씩 솟아난다

희주 _교실일지

학기 초 첫 상담기초자료에
아버지 어머니 이름만 달랑 적었던 아이
부모님 뭐 하시니?

그냥 일해요
고개 푹 숙이고 숨죽인 아이
어떤 일?

꼭 아셔야만 하나요?
말하기 싫으면 안 해도 된다
불쾌한 얼굴 겸연쩍은 아이

그 후 늘 지각하고 눈 안 마주치고
밥 먹듯 자습 빠지고 등록금도 세 분기나 밀리고
행정실 독촉장을 내밀며 부모님께 갖다 드려라 전하면
그늘진 눈빛 대답을 안 하던 아이

시 감상 글 발표 수행평가로 제시한 스무 편의 시들 중
아름답게 서글픈 장석남과 최영미의 이별의 시도
아픈 역사 군사독재에 저항하는
선 굵은 고은과 김지하의 시도

매혹적인 리듬에 자아 성찰과 사랑을 잘 실은 정호승과
류시화의 시도 아닌
석탄 캐는 아버지의 직업을 부끄러워 말하지 못했던
오래전 사북의 어린아이 마음을 다룬 아픈 시
임길택의「거울 앞에 서서」를 선택했던 아이

내겐 하지도 못한
마석 가구공단에서 왼 손목을 잃은 아버지와
농협 옆 하나로 마트 계산대에 늘 서 있는
어머니의 고단한 일상과 사랑을,
거기에 늘 틱틱대기만 하는 엇박자인
못난 자신의 부끄러움을 상처를
반 친구들에게 어눌하지만 또박또박
누구보다 당당하게 얘기했던 아이
듣는 우리를 오히려 울컥하게 했던 아이

졸업식이 있던 날 교무실 쓸쓸한 책상 위
'고맙습니다!
가난에 지지 않는 사람이 될게요!'로 시작하는 편지 한 통
임길택의『탄광 마을 아이들』시집 첫머리에
또박또박 새겨놓고 사라져 버린 아이

남들 모두 대학에 갈 때 가지 않고 집에 쓸쓸하게 남은 아이,
남아
'000 두 마리 치킨' 글씨가 선명한 하얀 조리모 쓴 엄마와
의수에
하얀 장갑을 낀 아빠 곁에서 매일 뜨겁게
끓는 기름에 우리 밀을 썩운 닭을 튀겨내는 아이

500cc 차가운 맥주 넉 잔을 거뜬하게 들고는
짓궂은 술손님의 농지거리도 거뜬히 받으며
좁은 홀을 종횡무진 휘젓고 다니는 아이

못 간, 아니 안 간 대학에서보다
더 진짜배기 공부를
온몸으로 꿋꿋하게 하는 아이

나날이 어두워 가는 교실을 뒤로 하고
삶도 수업도 팍팍하다 느낄 때면
시원한 맥주처럼 언제든 생각나는 아이
발길을 꼭 그리로 오게 하는 아이

말없이 허름한 의자에 앉으면

말없이 양념 반 후라이드 반
뽀글뽀글 기포가 꽃피는 맥주 한 잔
세상 가장 환한 웃음 들고 오는

정말 가난에도 지지 않는
꽃 이파리 같은
풀뿌리 같은

나태주의 풀꽃 * _교실일지

새 학기 새로운 아이들이
어김없이 찾아오는 교실

시인의 말대로
자세히 보아야 합니다

무엇을 할 때 들뜨고 웃는지
어떤 바람이 불 때 흔들리고 우는지
어떤 작은 씨앗을 그 안에 품고 있어
무엇에 조금이라도 재능을 빛내는지

시인의 말대로
오래 들여다보아야 합니다
어떤 꿈을 꾸고 있는지
꿈이 뭔지 몰라 그저 책상에 엎드려
잠만 자고 있는 건 아닌지
스마트폰만 바라보고 있는 건 아닌지

청소할 때 맡은 구역을 땀 흘려 쓰는지 닦는지
수업 시간 정성껏 듣고 쓰고 질문하고 있는지
쉬는 시간 점심시간 방과 후에

새 벗들에게 조금씩 다가가 수다 떨고 있는지
함께 어울려 운동하고 모둠활동 하는지

집이든 학교든 오기도 가기도 싫어
노래방 피시방을 오락가락하고 있진 않은지
교실이든 교정이든 이어폰을 끼고
혼자만의 성안에 갇혀있진 않은지
혼자 밥을 먹고 있는 건 아닌지

자세히 보고
오래 들여다보아야
말을 걸 수 있습니다
말 들을 수 있습니다

비로소
너 참 '예쁘다'라고
너 참 '사랑스럽다'라고
그래도 '괜찮다'라고
그럼에도 불구하고 '꿈꾸자'라고
'일어서서 땀 흘리자'라고

손 내밀 수 있습니다
칭찬할 수 있습니다

섬 _ 교실일지

긴 연휴 끝나 맞이하는
첫 문학 시간

"샘~ 어디 좀 다녀오셨어요?"

연휴 내내 독서실에서
수능 문제집들과 씨름하다 온
아이들이 묻는다

"섬에 좀 다녀왔다. 혼자서~"

"우와~ 좋았겠다. 무슨 섬요?"

"샘이 가장 아끼고 좋아하는 섬
그러나 어쩌면 누구나 다 알고 있는 섬"

"그 섬이 어딘데요?"

"'그럼에도'와 '일어섬'"

삽시간에 정적이 흐르다

피식피식~ 터져 나오는 헛웃음들

과목이 문학이니까 함 봐준다는 듯
재잘재잘대는 어린 벗들에게

잔뜩 비 내리는 시험지 저공비행 하는 성적으로
어디 숨을 곳 없나 아무리 찾아봐도
바닥 치는 마음 길은 보이지 않아
길바닥에 그저 눕히고만 싶을 때

꿈이 뭐야? 뭐 공부하고 싶어? 라는 질문에
여지껏 꿈이 없어 뭘 공부해야 할지 몰라
고장 난 나침반의 헛도는 바늘처럼 갈팡질팡
어디를 바라보고 어느 길을 향해 서야 할지 도무지 모를 때
도무지 몰라 누군가
긴 손가락을 들어 그 길의 길을 가리켜 주었으면 좋겠다고
욕망할 때

누구보다 믿었던 친구
사랑하는 누군가가 매정히 등을 보이며 돌아설 때
그 돌아섬에 무너지는 마음

재처럼 주저앉아 속으로만 울게 될 때
안으로만 소용돌이치는 그 울음에
잠겨 죽을 것만 같은 예감이 드는

그런 때
'그럼에도' 불구하고
주저앉은 마음의 척추를 꼿꼿이 세워 가야 할
외로운
섬

다시
'일어섬'

닳다

너를 향해 세웠던 날이
닳아 간다는 건

너와 맞댄 시간의 모서리가
조금씩 닳아 간다는 것

서로 알아가는 일들이
앓아가는 일들을 거쳐
서로를 보며
고개 끄덕이는 일이 되는 것

닳아 가는 건
조금씩 닮아 가는 것

입을 열어 말하지 않아도
서로의 곁에서
점점 더 사랑하게 된다는 말

분필

생生이라는 칠판

불태운 적은 없어도
궤도를 벗어난 적 없지만
나의 길을 가고 또 갔다

슬픔을 아는 시를 사랑했고
먼저 간 슬픔의 시인의 시를 몰래 읽고는 했다
부끄러움을 알았고
그 부끄러움이 부끄러워 밤새워 시를 쓰기도 했다

이제 막 피어나는 봄날의 아이들에게
의자 하나씩 나누어 주며
함께 문학을 이야기했고

여전히 모르는 사랑에 대해
사랑의 시를 써서 들려주기도 했다
보여주기도 했다

한 땀 한 땀 새긴 삶의 문장들과
한 발 한 발 디딘 길의 발자국들은

깨끗하게 지워진 칠판처럼 내일이면
흔적 없이 사라지겠지만

닳고 닳아
서서히 작아져만 가는
온몸으로 열심히 살았다

오늘도 나는 교탁에 선다

의자

달리고 싶지 않다
다들 빠르게 걷고 뛰어도

나는
지금 여기에 서 있거나
앉고 싶다

꽃 피는 소리를 들으며
사랑의 시를 읽고
지는 꽃잎을 보며
오롯이 누군가의 발걸음을 떠올릴 것이다

해가 뜨면
부드러운 햇살에 눈을 감을 것이고
해가 지면
어두워 가는 밤하늘을 올려다보며
눈을 뜨고 기다릴 것이다
별의 눈빛과 밤새도록 눈 맞출 것이다

비가 내 등을 두드리면
기쁨에 촉촉이 젖을 것이고

눈이 내 등에 내리고 내리면
가슴에 그리움의 탑을 쌓을 것이다
그대로 눈사람이 되어 버릴 것이다

내 밖에서 모두 빠르게 달리고
내 밖에서 모두 바쁘게 움직여도
나는 꿈쩍하지 않을 것이다

내 안으로 서서히 들어갈 것이다

졸업

길을 아는 사람이 아니라
길을 찾는 사람이 되어라

별을 따는 사람이 아니라
별을 품은 사람이 되어라

머리로 꿈을 꾸는 사람이 아니라
손발로 꿈을 파는 사람이 되어라

고개를 숙이고
고개를 넘는 사람이 아니라
고개를 들고
고개를 건너는 사람이 되어라

어제와 같은 오늘을 사는 너여도
어제와 다른 오늘을 사는 너여도

얼얼한 찬물에 얼굴 씻고
힘겨운 발걸음 디딜
그대를 응원한다

타인의 칭찬에 목마르기보다
자신의 목소리에 귀 기울이며
불안과 두려움에 떨면서도
스스로 원하는 길을 선택하는
그런 그대를 응원한다

후회 없는 삶은 그토록 어렵지만
스스로 만족하는 너
스스로 행복하다 느끼는 너
그런 그대를 응원한다

이별이 아니라 새로운 만남이다
이제 또 다른 시작이다

누구도 열어 줄 수 없는
오직 그대만이 열 수 있는
문 하나 저 앞에 있다

벽을 문으로
땀 흘린 그대의 몸과 마음으로
힘차게 두드리고 열라

자

이제 다시 출발이다

그런 그대들의 첫걸음을 응원한다

추천 글

   이창훈 시인의 시편들은 사랑을 서정적으로 그려
내기도 하고 현실에 대한 성찰이나 시대적 문제와
마음의 갈등을 시화하기도 한다. 또한 그의 시에는
인간 근원의 문제인 고독과 그 치유의 방편인 사랑
의 다양한 담론들과 철학적 사유가 깊다. 그의 시를
읽다 보면 그의 적잖은 삶의 깊이가 묻어나온다. 사
랑하는 사람이 내게 돌아오지 않더라도, 그리워하
며, 행복을 빌어주는 애틋함과 절절함이 잘 묻어 있
다. 이창훈 시인의 시편들은 울림이 있다. 소외된 이
들에게 따뜻한 위로의 말을 건네주고, 외로운 이들
에게 눈물과 그리움의 말을 넌지시 건넨다.

   그의 시에는 그리운 대상에 대한 절망과 애수가
절절히 녹아 있다. 그가 쓴 많은 사랑의 시편들 속
에서, 시적 화자는 진정한 행복은 사랑을 받는 게 아
니라 주는 것이라고 속삭이며 말한다. 받는 사랑이

아닌 주는 사랑에서 미학을 찾아내, 기꺼이 그 외로운 길을 걷는 이창훈 시인은 인간의 내면과 존재 가치를 정감 어린 언어로 풀어내는 언어의 마술사다.

우리 인생은 되돌아갈 수 없는 일방통행이다. 우리는 그 길의 한가운데에 있다. 사랑도, 이별도, 그리움을 고이게 한다. 살다 보면 꼭 여민 틈새로 그렁그렁 맺힌 그리움들이 툭 터져 나와 마음을 힘들게 할 때가 있다. 이창훈 시인의 시편들이 독자들에게 평안에 이르는 작은 길잡이가 되리라고 감히 자신한다.

조서희

(문학평론가, 동국대 문화예술대학원 교수, 한국시인학교 교장)

너 없는 봄날, 영원한 꽃이 되고 싶다

초판 1쇄 발행	2020년 3월 1일
2쇄 개정증보판 발행	2024년 5월 24일

지은이	이창훈

펴낸이	이장우
책임편집	송세아
디자인	theambitious factory
편집 제작	안소라 김소은
관리	김한다 한주연
인쇄	KUMBI PNP

펴낸곳	도서출판 꿈공장플러스
출판등록	제 406-2017-000160호
주소	서울시 성북구 보국문로 16가길 43-20 꿈공장 1층

이메일	ceo@dreambooks.kr
홈페이지	www.dreambooks.kr
인스타그램	@dreambooks.ceo

전화번호	02-6012-2734
팩스	031-624-4527

* 저자 고유의 '글맛'을 위해 맞춤법 및 표현 등은 저자의 스타일을 따릅니다.

ISBN	979-11-92134-69-7
정가	13,500원